Directeur de l'édition française
ALAIN GUERRINI
Comité de direction
A. GUERRINI
H. FUMET
S. DALLAIN
Directeur délégué
SÉBASTIEN DALLAIN
Directeur éditorial européen
MARCO M. LUPOI
Responsable éditorial
WALTER DE MARCHI
Responsable marketing opérationnel
MARJORIE TODRANI
Chef des ventes
GUILLAUME COUÉ
Coordinatrice commerciale
VALÉRIE BRYNDZA
Contrôleur de gestion
JÉRÔME TASSEL
Communication et relations presse
SOPHIE CONY
Coordinateurs éditoriaux
MATTEO LOSSO, ANNA RODELLA
Supervision
LAETITIA SAMMARTINO
Rédaction
VÉRONIQUE PARRA, SANDRINE VAUBOIS
Rédacteur
MATTIA DAL CORNO
Directeur artistique
MARIO CORTICELLI
Conceptrice graphique
SABRINA PIU
Maquettiste
CHIARA BENASSI
Responsable production
ALESSANDRO NALLI
Avec la collaboration de
J. BAGLIO, A. JODKOWSKI, MPG
et de toute l'équipe de Panini.

NAMIDA USAGI : UN AMOUR SANS RETOUR 1
ISBN : 978-2-8094-2031-9

Un ouvrage PANINI MANGA / PANINI FRANCE S.A.

Commercialisation et relations média :
PANINI FRANCE S.A.
Z.I. SECTEUR D - B.P. 62
06702 SAINT-LAURENT-DU-VAR CEDEX
www.paninimanga.fr
presse-bd@panini.fr
Tél. 04 92 12 57 57
Fax 04 92 12 57 58

Lettrage
Lara Iacucci

Attention !

Afin de respecter l'œuvre et son auteur, ce volume est présenté dans son sens de lecture original. Vous êtes ici à la fin du volume. Commencez par la dernière page et lisez les bulles de droite à gauche.

JE NE PENSAIS PLUS TE VOIR !
NON...
C'EST IMPOSSIBLE !
NARUMI...
À SUIVRE...

À TOUS CEUX QUI ME LISENT POUR LA PREMIÈRE FOIS ET À MES HABITUÉS : MERCI D'AVOIR ACQUIS CE MANGA ! JE SERAIS RAVIE QUE VOUS APPRÉCIIEZ CETTE HISTOIRE QUI DÉCRIT UN AMOUR PUR ET INNOCENT PLUS QUE MES AUTRES SÉRIES.
J'AIME BEAUCOUP LE PERSONNAGE DE MOMOKA. ELLE EST FACILE À DESSINER !

AI MINASE
NOVEMBRE 2009

JE SUIS AI MINASE !

LES PATTES DE LAPIN PERMETTENT DE COURIR TRÈS VITE.

Ai Minase

Namida Usagi

un amour sans retour

1

Panini manga

... TU N'ES PAS LÀ.
MOMOKA !
OUBLIE-LE. C'EST DU PASSÉ !
IL DOIT Y AVOIR PLEIN DE NOUVEAUX GARÇONS VENUS D'AUTRES ÉTABLISSEMENTS !
UN DE PERDU, 10 DE RETROUVÉS !
HÉÉÉ !
... ... OUI, TU AS RAISON ...
MOMOKA...
OUI ! TU DOIS VENIR !
D'AILLEURS, DEPUIS CE MATIN, ON NE PARLE PLUS QUE DE CE SUPER BEAU GARÇON QUI VIENT D'ENTRER AU LYCÉE !
EST-CE QUE JE POURRAIS LE FAIRE ?
T'OUBLIER...
... TROUVER UN NOUVEL AMOUR ?
BUZZ !
QU'EST-CE QU'IL EST BEAU !
C'EST QUI ?

MOMOKA !
REGARDE VERS MOI PENDANT TA CÉRÉMONIE DE RENTRÉE. JE VAIS TE PRENDRE EN PHOTO !
D'ACCORD !
BONJOUR !
TU AS L'AIR TELLEMENT ADULTE, KAIRI !
TROP JOLIE !
OUI, HEIN ?
MAINTENANT QUE JE SUIS ENFIN AU LYCÉE, JE COURS TOUTES LES AUDITIONS POUR MANNEQUINS DE LA PLACE.
TU AS INTÉRÊT À FAIRE TES DÉBUTS POUR ME FAIRE VISITER LES STUDIOS !
COMPTE SUR MOI ! ♪
ET TA MÈRE, MOMOKA ?
ELLE A DIT QU'ELLE VIENDRAIT APRÈS, AVEC MON PÈRE.
LES MÊMES AMIES...
LES MÊMES CONVERSATIONS...
OH ! C'EST AMANO ! ♥
SALUT ! ♪
LE MÊME CIEL...
ET POURTANT...

*SEPTIÈME CÉRÉMONIE DE RENTRÉE

**LYCÉE MIDORIGAOKA

CE JOUR-LÀ, JE N'AI PAS PU TE DIRE CE QUE JE RESSENTAIS. ET DEPUIS, L'HIVER EST PASSÉ...
LE TEMPS A PASSÉ SANS QUE JE PUIS-SE T'ENVOYER DE MAILS NI TE TÉLÉPHO-NER...
ON CHANGE LA RAIE DE CÔTÉ ?
EN UN CLIN D'ŒIL...
... LES CERISIERS ÉTAIENT EN FLEURS ET LE PRINTEMPS DE MES 15 ANS ÉTAIT ARRIVÉ.
... JE SUIS ENTRÉE AU LYCÉE.

TU ES...
... MON PREMIER AMOUR...
... MÊME SI JE N'AI PAS PU EXPRIMER MES SENTIMENTS...

JE T'AIME
...
... NARUMI !!
HUF
HUF

NARU-MIII !
...
プシュー
入口
PSHH...
...
C'EST MOI, OU...
OH NON ! LE BUS !
TAK TAK
OH NON ! C'EST PAS POS-SIBLE !
TAK
ATTEN-DEZ !
ATTEN-DEZ !
JE T'AIME !

... JE SUIS TOMBÉE AMOUREUSE DE TOI !!

HUF
NARU-MI !
NARU-MI !
HUF
DASH !
DE TE DIRE QUE MOI AUSSI...
... J'AI ÉTÉ HEUREUSE DE T'AVOIR COMME VOISIN DE CLASSE...
JE N'AI PAS ENCORE...
HUF
... EU LE TEMPS DE TE DIRE QUOI QUE CE SOIT...
HUF
DE POUVOIR TE PARLER...
... TE CONNAÎTRE...
ET QUE...
IL N'EST PAS LÀ...

VROUUUUUM...
ブロロロ...
緑ヶ丘中学校前

« ... EXPRIMÉ TES SENTIMENTS ? »

RATTLE !
ガラッ
À VOS PLACES !
C'EST NOTRE TOUT DERNIER COURS ENSEMBLE !
MONSIEUR ! NARUMI N'EST PAS LÀ !
AH...
... NARUMI ?
IL DOIT PARTIR POUR HOKKAIDO...
IL DEVAIT PRENDRE UN VOL À MIDI. IL EST PARTI POUR L'AÉROPORT.
« TU NE VAS PAS AVOIR DE REMORDS ? »
« SANS AVOIR ...

« ... DE T'AVOIR COMME VOISI-NE... »

J'AI EU DE LA CHANCE DE T'AVOIR COMME VOISINE.
J'AI EU DE LA CHANCE DE T'AVOIR COMME VOISINE.
« J'AI EU DE LA CHANCE...

UNE PHOTO DE MOMOKA ?
AH ?
GYAH
WUP !
MAIS OUI ! REGARDEZ !
AH ? C'EST NARUMI QUI L'A PRISE ?
TU ES TROP MIGNONNE DESSUS, MOMOKA !!
« LAISSE-MOI TE PHOTOGRAPHIER ... »
NARUMI ?

TU NE VAS PAS AVOIR DE REMORDS ?
DES REMORDS ?
JE TE DEMANDE SI TU TIENS VRAIMENT ...
... À CE QUE ÇA SE TERMINE COMME ÇA, SANS AVOIR EXPRIMÉ TES SENTIMENTS ?
VLAM
FRISCH !
FRISCH !
FRISCH !
FRISCH !
KAIRI !
PARDON...
HEIN ?
QUELQUE CHOSE VIENT DE TOMBER DE TON ALBUM-SOUVENIR, MOMOKA...

*ALBUM-SOUVENIR **SAKURAGAOKA - HUITIÈME

OUAAAAH ! IL NEIGE À FOND !
ON SE CROIRAIT EN PLEIN HIVER !
CROC DOIT AVOIR FROID...
J'IRAI LA VOIR APRÈS...
MOMO-KA ! UNE PHOTO !
AH... J'ARRI-VE !
FLASH
MERCI ! APRÈS LES CONSEILS DU PROF, TU SIGNERAS MON CARNET, HEIN ?
D'AC-CORD !
BLIF !

• REMERCIEMENTS SPÉCIAUX •

SI J'AI PU DESSINER NAMIDA USAGI, C'EST GRÂCE À NOMBRE DE PERSONNES. MERCI À TOUS !

- À MES ASSISTANTS
- MORIRIN, USHIRIN
- FUKUTARO, USAKO KAYORUN, NAKAMEN NABE-SAN, KONAKO MIKI HATTORI MOMO SAYUTA RYÔ MISAKI MARIANNE KOHIYAMA CHIHIRO IKASA

MA RESPONSABLE, HAGIWARA

MES ANCIENNES RESPONSABLES : NAKAYAMA ET HATANAKA
TOUTE L'ÉQUIPE ÉDITORIALE
L'ÉQUIPE DE VENTE
MA DESIGNER : MASHIKO

TOUS CEUX QUI M'ONT AIDÉE JUSQU'À LA VENTE DE CE LIVRE.

MA FAMILLE ET TOUS MES PROCHES, MES AMIS, ARINACCHI

MERCI, MERCI DU FOND DU CŒUR !

WUP
LE DERNIER JOUR...

C'EST ÉTRANGE…
… JE ME SENS TRISTE, MAIS AUCUNE LARME NE SORT…
ALORS QU'AUJOURD'HUI…
… JE VOIS USAMI POUR LA DERNIÈRE FOIS…
TAKAHIRO NARUMI !
WUP
PRÉSENT !
WUP
GWISH…
WUP
WUP

* DIPLÔME
**USAMI MOMOKA
... SI JE L'AVAIS FAIT, ELLE AURAIT, ELLE AUSSI, FONDU EN LARMES...
卒業証書
宇佐見
AUJOURD'HUI, C'EST VRAIMENT LE DERNIER...

AH BEN ÇA ! ELLE NOUS ÉVITE ?
TU LUI AS DIT POUR TON DÉPART À HOKKAIDO ?
OUI.
NE ME DIS PAS QUE TU AS PLEURÉ ?
ALLEZ, AVOUE : TU ÉTAIS SI TRISTE QUE TU N'AS PAS PU LE LUI AVOUER !
TOI QUI T'ENTENDAIS SIII BIEN AVEC ELLE ! TA PREMIÈRE COPINE ! ♪
JE N'AI PAS PLEURÉ !
PARCE QUE...

BRRRR...
J'Y CROIS PAS. DE LA NEIGE À LA CÉRÉMONIE DE REMISE DES DIPLÔMES...
BRRT !
DOMMAGE. ON NE VOIT PAS LE CIEL...
AUJOURD'HUI, JE DOIS ABSOLUMENT AVOIR LE DEUXIÈME BOUTON D'AMANO !
AVEC TOUTES CES RIVALES, JE VAIS DEVOIR M'ACCROCHER !
AH !
AMANOOO !
JE T'AIMEUH !!
JE COMPTE SUR TOI POUR ME DONNER TON DEUXIÈME BOUTON !
ET JE VEUX AUSSI TON MOT DANS MON CARNET !
ALLEZ, ALLEZ, MOMOKA !
TAKAHIRO NARUMI EST LÀ AUSSI ! TU DOIS LUI DEMANDER SON BOUTON ET TE DÉCLARER À LUI !
POUF !
HEIN ?
DISPARUE...
MOMOKA ?
ELLE A PRIS LES DEVANTS, TU CROIS ?
RHÔÔÔ...
C'EST PAS LE MOMENT DE JOUER LES TIMIDES...

*COLLÈGE MIDORIGAOKA
**REMISE DES DIPLÔMES

J'AI HÂTE !!

C'EST VRAI QUE TU PARS À HOKKAIDO ?
WUP
...
... OUI...

BONJOUR...
... USAMI !
WUP
NARUMI...
WUP
« TU DOIS ÊTRE QUEL-QU'UN DE SPÉCIAL POUR LUI, NON ? »
« JE TE PARIE QUE LUI AUSSI...
WUP
« ... IL EST TRISTE DE DEVOIR TE QUITTER. »
WUP

C'EST TELLEMENT TRISTE...
FLP ぱたぱた FLP
HEIN ?
ÇA ALORS ! C'EST RARE !
FLP FLP ぱたぱた
TOI QUI NE REMUES LA QUEUE QUE POUR NARUMI !
SRT
CE SERAIT BIEN QUE JE L'ADOPTE, MAIS EN FAIT...
WUP

OUI, ENFIN...
J'ESPÈRE NE PAS ME FAIRE D'IDÉES EN PENSANT QUE LUI AUSSI, IL PARTAGE MES SENTIMENTS !
JUSTE...
... JE PEUX DIRE QUE JE SUIS QUAND MÊME PLUS PROCHE DE LUI QUE LES AUTRES FILLES.
FLP
ぱたぱた
FLP
CROC !
... CROC ...
JE PENSE QUE JE VAIS T'APPELER CROC, DÉCIDÉMENT...
NARUMI M'A DIT DE NE PAS VOUS DONNER DE NOM PARCE QUE ÇA CRÉAIT DES LIENS, MAIS BON...
AÏE
じんじん
AÏE
WOUF
つーん
AVEC TA MAUVAISE HABITUDE, TU ES LA SEULE À NE PAS AVOIR TROUVÉ DE MAÎTRE, HEIN, CROC ?
EN PLUS, COMME TU N'ACCEPTES D'ÊTRE NOURRIE QUE PAR NARUMI, TU NE GRANDIS PAS BEAUCOUP...
SLURP
SLURP
TU AS COMPRIS ? ON VA FINIR LE COLLÈGE...
ET QUAND ÇA ARRIVERA...
... ON NE SE VERRA PLUS !

JE VAIS ME LANCER !
BIEN !
JE ME SENS GONFLÉE À BLOC !
HAUT LES COEURS !

JE TE PARIE QUE LUI AUSSI…
… IL EST TRISTE DE DEVOIR TE QUITTER.
COURAGE !
ALLEZ, MOMOKA !
COURAGE !
CES PAROLES DE LA PART D'AMIES, C'EST DE LA MAGIE…
D'ACCORD !

LUI AUSSI, IL T'AIME !
J'EN SUIS SÛRE !
HEEEIN ? MAIS COMMENT TU PEUX AFFIRMER Ç...
JE LE SAIS, C'EST TOUT !
BOH, ÇA VA... TU T'ENTENDS BIEN AVEC TAKAHIRO NARUMI, LE GARÇON LE PLUS RINGARD DE LA CLASSE, C'EST TOUT...
IL EST PAS RINGARD DU TOUT !
MOUF !
AH... DÉSOLÉE... HUM...
VOUS ÊTES VOISINS ET AMIS...
TU DOIS ÊTRE QUELQU'UN DE SPÉCIAL POUR LUI, NON ?

BOM !
どん!
TU DOIS TE DÉCLARER !
MOMOKA !
IMPOSSIBLE…
MAIS POURQUOI ?!
HIC !
うる
JE NE SUIS PAS UNE JOLIE FILLE COMME TOI, KAIRI.
IL VA JUSTE ME METTRE UN RÂTEAU…
HIC !
うる
SI SEULEMENT J'ÉTAIS COMME TOI. SI JE PLAISAIS À TOUT LE MONDE…
アラ
AH ?
C'EST VRAI !
BON D'ACCORD, JE SUIS UNE JOLIE FILLE ! MAIS TOI AUSSI, TU ES MIGNONNE !
OOOOH ! MA CHÈRE ENFANT !!
ET EN PLUS…

ASSISTANTS ET ASSISTANTES

NAMIDA USAGI

(UN AMOUR SANS RETOUR)

CHAPITRE 5

NAMIDA USAGI

(UN AMOUR SANS RETOUR)

... DANS TROIS JOURS, C'EST LA CÉRÉMONIE DE REMISE DES DIPLÔMES !

... QUE NOUS SERIONS TOUJOURS ENSEMBLE...
IL NE ME RESTE PLUS QUE TROIS JOURS À PASSER À SES CÔTÉS...

ばさばさばさっ
BLAF
BLAF
BLAF
PLITCH !
パタ…
MOI QUI CROYAIS...

... ET JE PENSAIS QUE NOUS POURRIONS TOUJOURS RESTER ENSEMBLE...
AH, KAIRI ...
ON M'A DIT D'APPORTER LES FLEURS POUR LA CÉRÉMONIE DE REMISE DES DIPLÔMES.
HUF !
HUF !
TU ES AU COURANT POUR LES ÉTUDES DE NARUMI ?
QUOI ?
NON, POURQUOI ?
DANS CETTE ÉCOLE, LE LYCÉE ET LE COLLÈGE SONT DANS LE MÊME BÂTIMENT, ALORS ON DEVRAIT ÊTRE ENSEMBLE ?
MOMOKA !!
MAIS NON ! IL PARAÎT QU'IL VA ALLER AU LYCÉE À HOKKAIDO !
TU NE POURRAS PLUS LE VOIR !!

FLASH
T'AVOIR ASSIS AU BUREAU À CÔTÉ DU MIEN...
TOUT CE TEMPS PASSÉ À L'ÉCOLE AVEC TOI...
MON PREMIER AMOUR N'ÉTAIT QU'UNE SUCCES-SION DE MOMENTS HEUREUX...

BON...
... MAIS C'EST LA PRE-MIÈRE FOIS QUE JE FAIS ÇA COMME ÇA.
DÉSOLÉE D'AVOIR INSISTÉ !
JE CROIS BIEN QUE C'EST AUSSI LA PREMIÈRE FOIS QUE JE ME PHOTOGRAPHIE MOI-MÊME...

LAISSE-MOI FAIRE TON PORTRAIT.
MOI...
QUOI ?
MAIS C'EST POURTANT TOI QUI DISAIS QUE TU NE PRENAIS PAS LES GENS ?
OUI.
MAIS TOI, C'EST DIFFÉRENT.
WUP !
... J'AIMERAIS BIEN QU'ON SOIT ENSEMBLE DESSUS !

会議室*
ON EN A PRIS VRAIMENT BEAUCOUP !
*SALLE DE RÉUNION
TOUT LE MONDE ÉTAIT RAVI DANS LA CLASSE.
ILS ONT TOUS DIT QUE TU ÉTAIS UN BON PHOTOGRAPHE, NARUMI !
MAIS TOI AUSSI, USAMI ! TOUT LE MONDE T'A DEMANDÉ D'ÊTRE DERRIÈRE L'OBJECTIF PENDANT LA CÉRÉMONIE DE REMISE DE DIPLÔMES.
ÇA DONNE ENVIE DE FAIRE UN ALBUM UNIQUEMENT POUR NOTRE CLASSE ! ♪
DIS...
... IL N'Y A PAS LA MOINDRE PHOTO DE TOI ?
OH ÇA ? C'EST PARCE QUE C'ÉTAIT TOUJOURS MOI DERRIÈRE L'APPAREIL.
J'APPARAIS SUR CELLES DU VOYAGE DE FIN D'ANNÉE, ÇA SUFFIRA.
C'EST GRÂCE À TES LEÇONS !
ELLES SONT TOUTES GÉNIALES ! ♥

MON BLOG. USAGI TO KOTORI
HTTP :
MINASEAI.BLOG75.FC2.COM

VOUS Y RETROUVEREZ MON QUOTIDIEN.

OÙ M'ENVOYER VOS LETTRES DE FAN :
101-8001
SHÔGAKKAN
SHO-COMI
AI MINASE
JE SERAIS RAVIE D'AVOIR VOS COMMENTAIRES. MERCI À TOUS CEUX QUI M'EN ENVOIENT !

... MAIS JE VEUX VIVRE MON AMOUR POUR TOI TRANQUILLE-MENT...
FLASH !

ALORS LUI AUSSI, IL A SES POINTS FAIBLES...
L'APPAREIL PHOTO DIGITAL DE MON PÈRE !
ÇA M'A UN PEU SURPRISE, MAIS BON...
FLASH !
QU'IL AIT DÉCIDÉ DE M'EN PARLER...
... ÇA ME FAIT TELLEMENT PLAISIR !
FLASH !
POUR L'INSTANT, CE SONT DE TOUTES PETITES CHOSES...

ALORS TU N'AS QU'À M'ENSEIGNER LA PHOTO !
MOI, JE PRENDRAI LES GENS...
... ET TOI, L'ÉCOLE !
HEIN ?
D'ACCORD.

LES HUMAINS ...
... SOUVENT, LEURS EXPRESSIONS SONT DIFFÉRENTES DE LEURS VRAIS SENTIMENTS.
ÇA ME FAIT PEUR !
JE NE VEUX PAS FAIRE FAUX !
BIP BIP
C'EST POUR ÇA QUE JE NE FAIS PAS DE PORTRAITS.
FLASH
C'EST CE QUE J'AI DÉCIDÉ.
D'ACCORD ...

QUOIII ?
JE SUIS DE TOUT CŒUR AVEC TOI ! COURAGE !
KAIRI ...
AH ... DE TOUTE MANIÈRE, AVEC LUI, JE N'AI PAS À M'INQUIÉTER POUR LES PHOTOS...
BLÊME
NARUMI ? ÇA VA ? TU ES TOUT PÂLE...
QUOI ?
JE NE SAIS PAS Y FAIRE !
JE NE SAIS PAS PHOTOGRAPHIER LES GENS.

*ALBUM - SOUVENIR DE FIN D'ANNÉE
RESPONSABLES DES PHOTOS : NARUMI, USA
**CHOIX DES PHOTOS

JE CROIS...
... QUE JE SUIS AMOUREUSE DE NARUMI.
OUAH ... C'EST TELLEMENT EMBARRASSANT ...
...
ÇA VA, ON L'AVAIT COMPRIS, ÇA !
TU ÉTAIS DÉJÀ TOTALEMENT ÉNAMOURÉE !
ROAAR !
AAAAAAAH ?!
MAIS POURQUOI TU TE FÂCHES, KAIRI ?
OH, LÀ, LÀ, SI VOUS AVEZ COMPRIS...
... COMMENT JE VAIS FAIRE SI C'EST LE CAS POUR NARUMI ?
T'INQUIÈTE ! NARUMI N'EST PAS FRANCHEMENT UNE LUMIÈRE...
VOUS CROYEZ ?
JE N'AI JAMAIS DIT DE CHOSES BIZARRES ?
IL DOIT ME TROUVER ÉTRANGE.
OUAH, EN PARLANT DE ÇA...
IL NE DEVRAIT PAS TARDER À ARRIVER.
JE ME DEMANDE SI JE POURRAI PARLER NATURELLEMENT.
JE ME SENS TELLEMENT NERVEUSE...

BEN, C'ÉTAIT UN RANCARD, ALORS !
ぽっきん
CRAC !
QUOI ?
MAIS PAS DU TOUT...
BLUSH !
か―…
OUIIIN
HÉ ! PLANQUEZ LES BISCUITS LE PROF ARRIVE !
COMME TAKASUGI N'EST PAS REVENU, ON A CRU QU'IL T'AVAIT RACCOMPAGNÉE CHEZ TOI.
NOTRE BEAU PLAN POUR LEVER LA MALÉDICTION EST À L'EAU...
VOUS POURREZ LUI TRANSMETTRE MES EXCUSES ? JE L'AI PLANTÉ LÀ POUR COURIR APRÈS NARUMI...
TROP MAL...
... ET AUSSI ...
KAIRI, SATSUKI...
VOUS SAVEZ ...
J'AI UNE ANNONCE À VOUS FAIRE...
BRT BRT
もじもじ
OH NON ! NE NOUS DIS PAS QUE TU SORS AVEC NARUMI ?!
TU N'AS QUAND MÊME PAS ÉTÉ JUSQU'À L'EMBRASSER, HEIN ?
AH ... HUM ...
BRT BRT
もじもじ

LE MÊME CARACTÈRE QUE TON NOM !
CE CIEL QUI FAIT BATTRE MON CŒUR...

EN SOUVENIR D'AUJOUR-D'HUI.
ELLE EST SI PETITE... ... ET ELLE N'ÉTAIT MÊME PAS SIGNÉE DU NOM DE MON PÈRE...
... ÇA M'A FAIT PLAISIR QUE TU LA REMARQUES.
C'EST PARCE QUE C'ÉTAIT UNE PHOTO DU CIEL...

JE ME SUIS BIEN AMUSÉE AUJOURD'HUI !
MERCI DE M'AVOIR INVITÉE.
TIENS...
ELLE EST POUR TOI.
AH ! MAIS C'EST UNE DES PHOTOS DE L'EXPOSITION ?
C'ÉTAIT MÊME MA FAVORITE.
C'EST MOI QUI L'AI FAITE.

C'EST UNE AMIE...
EN FAIT, C'EST MA VOISINE DE CLASSE !
UNE AMIE...
WUP !
トクン
AH BOOON ?
C'EST LA PREMIÈRE FOIS QUE TU ME PRÉSENTES UNE AMIE, NON ?
AH, OUI...
HEIN ?
C'EST LA PREMIÈRE FOIS...
... QU'IL PRÉSENTE UNE FILLE À SON PÈRE ?
JE SUIS SI CONTENTE !!

GWIP !
MON FILS !!
TU ES DONC VENU !!
ぎゅうっ
PAPA ! LÂCHE-MOI !
AH HA HA ! NE SOIS PAS TIMIDE !
ARRÊTE DE M'ÉBOURIFFER !
C'EST LE PÈRE DE NARUMI ?!
IL EST TELLEMENT GAI…
WUP !
ドキ!
つかつか
GTOL GTOL !
ÔÔÔÔ ! QU'ELLE EST MIGNONNE !!
ENCHANTÉ ! JE SUIS LE PÈRE DE TAKAHIRO !
SBLIF !
はしっ
OUH… EN… ENCHANTÉE ! JE SUIS MOMOKA USAMI.
MON PETIT LAPIN !!
AH… EUH NON, C'EST…
ス
SRT…
!

OUAAAH !!
QUE DES GRANDS FORMATS !
AH…
CIEL
Ô QUE C'EST BEAU…

*NARUMI SÔICHIRÔ, PHOTO

ET...
... J'AVAIS OUBLIÉ QUE J'AVAIS DÉJÀ ACCEPTÉ L'INVITATION DE KAIRI ET DES AUTRES...
... ET JE T'AI ENVOYÉ UN MAIL.
... MAIS JE N'AVAIS PAS VU QUE J'AVAIS MAL TAPÉ TON ADRESSE MAIL...
PARDON...
OUI, EN FAIT...
J'AURAIS DÛ VÉRIFIER DÈS LE DÉPART, TU ME DIRAS...
MOI AUSSI...
EN FAIT, AUJOURD'HUI, J'AI OUBLIÉ MON PORTABLE À LA MAISON...
DÉSOLÉ...
OUAH ! C'ÉTAIT DONC ÇA !
MAIS JE ME DISAIS QUE JE RISQUAIS DE TE MANQUER SI JE RENTRAIS LE PRENDRE À LA MAISON.
ÇA M'A ÉNERVÉ, MAIS JE VOULAIS T'ATTENDRE...
JE ME DISAIS QUE TU N'ÉTAIS PAS DU GENRE À ME POSER UN LAPIN, ALORS...
JE M'INQUIÉTAIS.
HEUREUSEMENT, TU N'AS RIEN.

... JE SUIS AMOUREUSE DE NARUMI !

« JE T'AIME ! »
...
J'AI BIEN FAILLI M'IMAGINER QUE TU VENAIS DE TE DÉCLARER !
WUP
TU N'AS RIEN ?
TU PEUX TE LEVER ?
WUP !
TU N'IMAGINES RIEN !
WUP !
ALLEZ !
LÀ, J'AVAIS TROP HONTE ET J'AI JUSTE ÉLUDÉ LA QUESTION, MAIS...
EN FAIT...

C'EST POUR ÇA...
JE T'AI COURU APRÈS PARCE QUE JE VOULAIS VRAIMENT ALLER À L'EXPOSITION...
NON ! JE VEUX DIRE QUE JE T'AI SUIVI POUR LA PHOTO !
HUF はぁ
HUF ! はぁ
... S'IL VOUS PLAÎT ...
POURQUOI TU ME VOUVOIES TOUT À COUP ?
AH... AH TIENS ?
AH, HA, HA !
UN INSTANT, TU M'AS PRIS DE COURT ...
AH ?

GATAN GATAN
ガタン
ゴトン
ガタン
ゴトン
GATAN GTONG
QUOI ?
BLUUUUSH !
かあああぁっ
J'Y CROIS PAS !!
QU'EST-CE QUE JE VIENS DE DIRE ?
EN LE VOYANT, ÇA M'A ÉCHAPPÉ...
USA...

« JE T'AIME. »

MORIRIN
FUKUTARO
MERCI À VOUS !
MES ASSISTANTS ENTRE EUX
JE T'Y PRENDS ! TU SOMNOLES !!
PFF...
SI TU PRENAIS UN BAIN ?
TU VEUX UNE GLACE ?
JE N'AI JAMAIS EU AUTANT SOMMEIL ...
MORI
FUKU
HÉ ! MAIS IL N'Y A QUE DE LA FARINE, LÀ !
ON LA MET DANS UN PAIN.
UNE GAUFRE.
MAIS NON, C'EST UN GAG ! EN FAIT, ILS SONT TOUJOURS SÉRIEUX.

CHAPITRE 4

MOI, J'AIME NARUMI ! C'EST NORMAL, JE SUIS UNE FILLE !
...
UNE RIVALE ?

JE T'AIME !

NARU-
MI...

IMBÉ-CILE !!
QU'EST-CE QUE TU AS DANS LE CRÂNE ?
ドキン
WUP
ドキン
WUP
POURQUOI ?
QU'EST-CE QUI M'A PRIS ?
ドキン
WUP
QU'EST-CE QUI M'A POUS-SÉE À COURIR APRÈS LUI COMME ÇA ?
WUP
ドキン
QUE LUI DIRE ?
WUP
ドキン

VEUILLEZ NE PAS COURIR POUR MONTER DANS LE TRAIN, C'EST DANGE-REUX...
...

OH NON...
OH NON !
PULULULU
プルルルル
... RUMI ...
ÇA ME TUERAIT QU'IL Y AIT UN MALEN-TENDU ENTRE NOUS !
プシュー
PSHHT !
NARUMI !!
ATTEN ...

« IL A CRU QUE TOI ET MOI, ON SORTAIT ENSEMBLE... »
« IL A PEUT-ÊTRE MAL INTERPRÉTÉ ? »

WUP !
QUOI ?
IL M'A POURTANT VUE, LÀ, NON ?
C'EST LUI QUE TU CHERCHAIS ?
OUAAAH !
IL A PEUT-ÊTRE MAL INTERPRÉTÉ ?
IL A CRU QUE TOI ET MOI...
... ON SORTAIT ENSEMBLE...
BON, APPELLE-LE !

IL M'A VUE !
NARUMI...
PI !

NARU-MI ?!
QU'EST-CE QU'IL FAIT ENCORE À NOTRE POINT DE RENDEZ-VOUS ?
MAIS ALORS, IL N'A PAS EU MON MAIL ?
NARU...
MOMOKA !!
AH, TAKASUGI...
はは
AH HA !
JE NE T'AURAIS PAS CRUE SI RAPIDE !
CLNG
TU AS PERDU ÇA !
AH...
OH, MERCI !

AH...

MERCI BEAU-COUP...
... TAKA-SUGI !
TIENS ?
ELLE L'A PERDU.
JUSQU'À QUELLE HEURE ÉTAIT L'EXPO, DÉJÀ ?
SI ÇA SE TROUVE, IL EST DÉJÀ TROP TARD...
C'EST PEUT-ÊTRE MÊME DÉJÀ FINI...
HUF
HUF
EN TRAIN, C'EST JUSTE À 3 STATIONS, JE DEVRAIS Y ÊTRE EN 10 MINUTES...

TU DOIS BIEN AVOIR UNE RAISON POUR FAIRE CETTE TÊTE SI CHAGRINÉE ?
EN RAPPORT AVEC CE PORTABLE QUE TU REFUSES DE QUITTER ?
GWSH...
JE M'APPELLE TAKASUGI.
ÇA ME FERAIT PLAISIR QUE TU TE RAPPELLES DE MOI !

J'IMAGINE QUE KAIRI NE T'AVAIT RIEN DIT ?
POUR QUOI ...?
POUR NOTRE VENUE ?
AH... NON...
ALLEZ ! VAS-Y ! ♪
QUOI ?
M... MAIS ...
T'EN FAIS PAS.
CHUT !
JE VAIS EMBOBINER KAIRI ET LES AUTRES.

SRT...
FWAP !
IL FAUT ALLER À LA RÉCEPTION POUR PRENDRE DES BOISSONS !
ON Y VA ?

BON, ALORS ON COMMENCE PAR SE PRÉSENTER !
UN PETIT MOT, TAKASUGI !
ALLEZ, TAKASUGIIII ! ♡
AH !
あ
MOI, C'EST ONO !
BUZZ
BUZZ
DES INCONNUS, C'EST INTIMIDANT...
AUCUN MAIL
TOUJOURS AUCUNE RÉPONSE DE NARUMI...
C'EST PARCE QUE JE LUI AI POSÉ UN LAPIN ?
IL EST SÛREMENT FURIEUX...
GWP...
« TU AIMES LA PHOTO, NON ? »

BONJOUR !
J'ESPÈRE QU'ON VA BIEN S'AMUSER AU-JOURD'HUI.
BON-JOUR ...
BON-JOUR...
KA... KAIRI ? QU'EST-CE QUE ÇA VEUT DIRE ? QU'EST-CE QU'ILS VIENNENT FAIRE LÀ, CES LYCÉENS ?
TU ES SOUS LE COUP DE LA MALÉDIC-TION DE NARUMI, MOMOKA !
UNE MALÉ-DICTION ? NARUMI N'EST PAS...
ON SE FAIT UN KA-RAOKÉ ?
BONNE IDÉE !
JE LEUR AI DEMANDÉ DE VENIR POUR TE PERMETTRE D'OUVRIR LES YEUX EN VOYANT DE BEAUX GARÇONS.
あー
OUAAH !
LÀ ! LÀ, TU VOIS ?

• MA RESPONSABLE • ET MOI ③

À LA FIN DU FEUILLETON SENSEI TO WATASHI ET AU MOMENT D'EN COMMENCER UN NOUVEAU, MA RESPONSABLE, HAGI, M'A DEMANDÉ CE QUE JE COMPTAIS FAIRE, ET MOI...

ÉVIDEMMENT QUE J'ADORE LES ROMANCES ! AI MINASE

VOUS AVEZ UN MESSAGE.
KAIRI
17-10 21:03
RDV DEMAIN 10H DEVANT
LE PARC ÔMORI !
*EXPOSITION PHOTOS
**PHOTO
***DIMANCHE 18, 10H PRÈS DE LA FONTAINE DEVANT LA GARE !!
J'AI BEAU REVÉRIFIER...
TOUS LES DEUX DISENT DEMAIN À 10 HEURES !!
QUELLE IDIOTE !
POURQUOI JE NE M'EN SUIS PAS APERÇUE AVANT ?!
« ÇA TE DIRAIT DE VENIR AVEC MOI ? »
GSH...
JE N'AI PAS LE CHOIX...

*NDT : CIEL EN JAPONAIS

JE SUIS SI CONTENTE !
MON CŒUR BAT DE PLUS EN PLUS FORT !

TIENS !
POUR ME CONTACTER.
SON ADRESSE MAIL...
WUP...

*ÉTUDE
HEIN ?
ÇA NE DURE QU'UNE JOURNÉE.
MON PÈRE FAIT UNE EXPO DE PHOTOS.
HEIN ?
TON PÈRE EST PHOTOGRAPHE ?
C'EST DINGUE !
ÇA ALOOORS !!
ÇA TE DIT D'Y ALLER AVEC MOI ?
WUP
J'ADORE ÇA !
EXCELLENT !
DANS CE CAS...
WUP
WUP
TU AIMES LA PHOTO... ...NON ?
WUP
OUI...
SHRIP !
WUP

*SÔICHIRÔ, EXPOSITION PHOTOS
**EXPOSITION PHOTOS

MOMOKA EN PINCE POUR TAKAHIRO NARUMI !!
INSTINCT FÉMININ !!
MAIS POURQUOI ? QUAND EST-CE ARRIVÉ ?
QU'EST-CE QU'IL LUI A FAIT ?
C'EST LE GARÇON LE PLUS NUL DE LA CLASSE !
LA MALÉDICTION...
« LES FILLES QUI SERONT VOISINES DE CLASSE DE TAKAHIRO NARUMI...
« ... NE TROUVERONT JAMAIS L'AMOUR ! »

ÇA TE DIT DE VENIR AVEC NOUS CE DI-MANCHE ?
J'AI TROUVÉ UN MAGASIN QUI VEND DE MIGNONS PETITS LAPINS ! ♡
J'EN SUIS ! ♡
WOP !
BON, ALORS RENDEZ-VOUS À 10 HEURES SUR LA PLACE DEVANT LA GARE !
COM-PRIS !
DING DONG
キーンコーン
OUPS... JE DOIS DONNER À MANGER AUX CHIOTS ...
LES CHIOTS ?
OUAH ! NON, RIEN, RIEN ! OUBLIEZ !
COMMENCEZ À MANGER SANS MOI ! JE REVIENS TOUT DE SUITE !
RATTLE
HÉÉÉ !
BLISH !

NARUMI EST UN GARÇON GENTIL ET ATTENTIONNÉ !
...
JE SUIS POURTANT BIEN PLACÉE POUR LE SAVOIR !
女子*着替え中!!
男子入るな**
MOMOKA ! ♪
OUI ?
*LES FILLES SE CHANGENT !
**INTERDICTION D'ENTRER AUX GARÇONS !

L'OREILLE GAUCHE ?
« NARUMI ! »
…
« DÉSOLÉ… »
…
« UN COUP IL ME CHOUCHOUTE, UN COUP IL M'IGNORE… »
« JE NE LE COMPRENDS PAS ! »
J'ÉTAIS À SA GAUCHE…
S'IL NE M'A PAS RÉPONDU…
… C'EST QU'À CHAQUE FOIS JE LUI PARLAIS DU CÔTÉ GAUCHE…
JE SUIS TROP BÊTE !
BONJOUR …
PARDON, HEIN !
CE N'EST POURTANT PAS LE GENRE DE GARÇON À IGNORER LES AUTRES POUR RIEN !

POF POF
てーん てーん
OUAAAH ! DÉSOLÉ, NARUMI !
C'EST RIEN ...
... TROP NUL...
ÇA... ÇA VA ?
T'EN FAIS PAS POUR LUI, C'EST JUSTE UN BALLON D'EXER-CICE...
JE T'AI POURTANT DIT : PASSE ! TU N'AS PAS ENTENDU ?
DÉSO-LÉ !
AH... TU N'AS VRAIMENT PAS EN-TENDU ?
AH, MAIS C'EST NOR-MAL !
DEPUIS QU'IL A EU UN ACCI-DENT, TAKA-HIRO EST LÉGÈREMENT SOURD !
DE L'OREILLE GAUCHE...
OUI, ENFIN, C'EST JUSTE UNE GÊNE...
SI VOUS PARLEZ SUFFI-SAMMENT FORT, J'ENTENDS TRÈS BIEN !

...
NARUMI...
ぶー
BOUF !
... N'EST PAS DU TOUT RINGARD !
MOMOKA ?
NE ME DIS PAS QUE...
NARUMI ! PASSE !!
FIOUM !
ヒュッ
BAM !
ばん

OH OUI ! C'ÉTAIT TROP BIEN, LÀ !
BELLE PASSE, NARUMI !
ぱちぱち
CLAP CLAP
ぱちぱち
CLAP CLAP
SBLIFF !
MAIS NOOOON !
IL EST TROP NUL, TON NARUMI ! C'EST PAS LUI QUE JE REGARDE !
C'EST AMANO ! AMANOOO !
LE BEAU GOSSE DE LA CLASSE !
OH ! IL M'A REGARDÉE ! LOVE !

MES ASSISTANTS ET MOI
DANS CETTE BANDE, ILS ONT L'AIR BIEN JEUNES !
OUI, ENFIN XX ANS, C'EST QUAND MÊME UN CERTAIN ÂGE...
DU MÊME ÂGE...
AH, NON, NON !
EN PLUS, ON L'APPELLE M-NYAN. C'EST TROP RINGARD...
SURNOM : AI-NYAN...

BAM !
は
AH !
きゃー
KYAAH !
AMANO EST TROP COOOL !!
DIS, DIS, TU AS VU ?
MOMOKA ?

CHAPITRE 3

SI ÇA SE TROU-VE...
... ME REND SI HEUREU-SE !
... C'EST PEUT-ÊTRE ÇA, L'AMOUR ...

NARUMI !
EST-CE QUE JE PEUX RETOURNER LES VOIR ?
JE N'AI PAS PEUR DES CHIENS.
JE FERAI BIEN ATTENTION À NE PAS ME FAIRE MORDRE.
TU ES UNE DRÔLE DE FILLE, USAMI.
POURTANT, LES AUTRES FONT TOUT POUR M'ÉVITER ...
カシャン
CLC...
D'ACCORD.
VIENS QUAND TU VEUX !
UN SEUL DE TES SOU-RIRES...

CE MOMENT...
... JE VEUX QU'IL NE SOIT QU'À MOI...
OUI...
... JE NE VEUX EN PARLER À PERSONNE...

EST-CE QU'IL VA SAVOIR...
WUP
WUP
... QUE LÀ...
WUP
... JE SUIS ÉMUE ?
WUP !

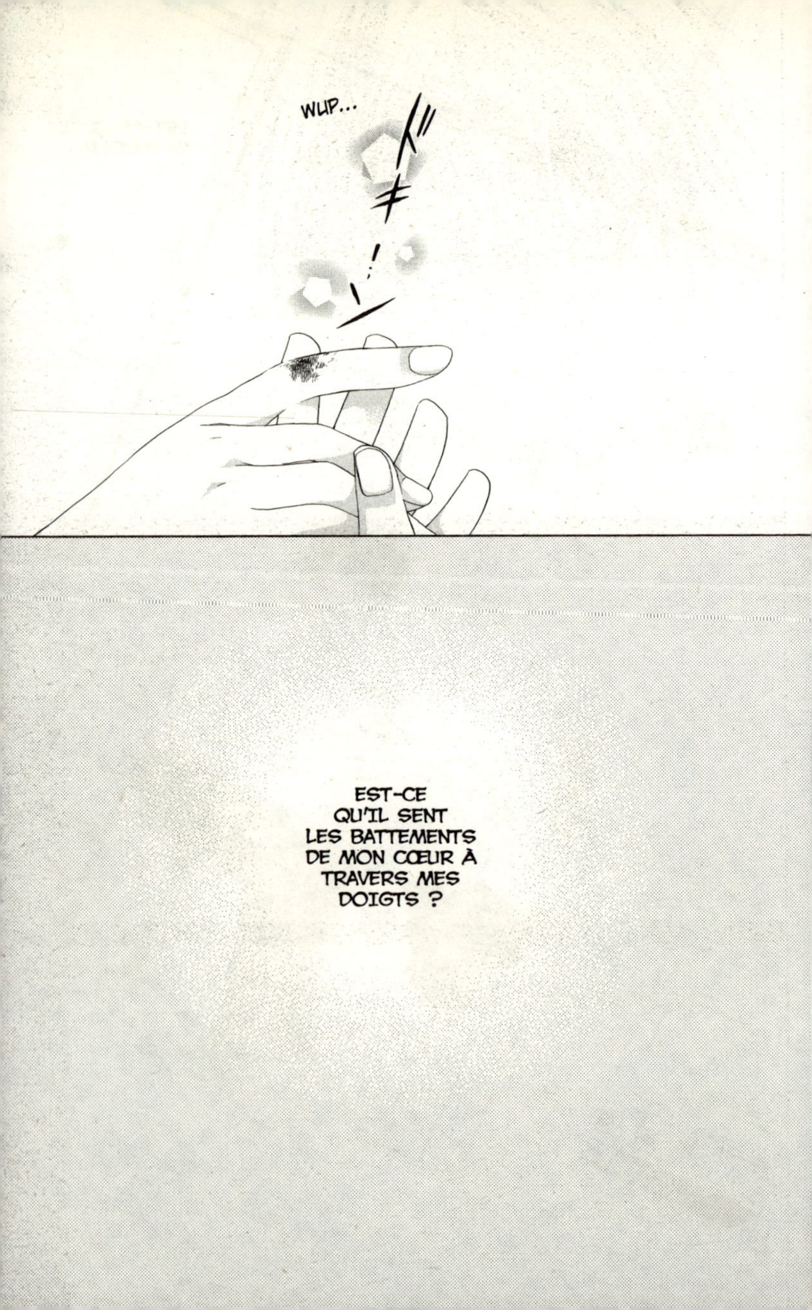
WUP...
EST-CE QU'IL SENT LES BATTEMENTS DE MON CŒUR À TRAVERS MES DOIGTS ?

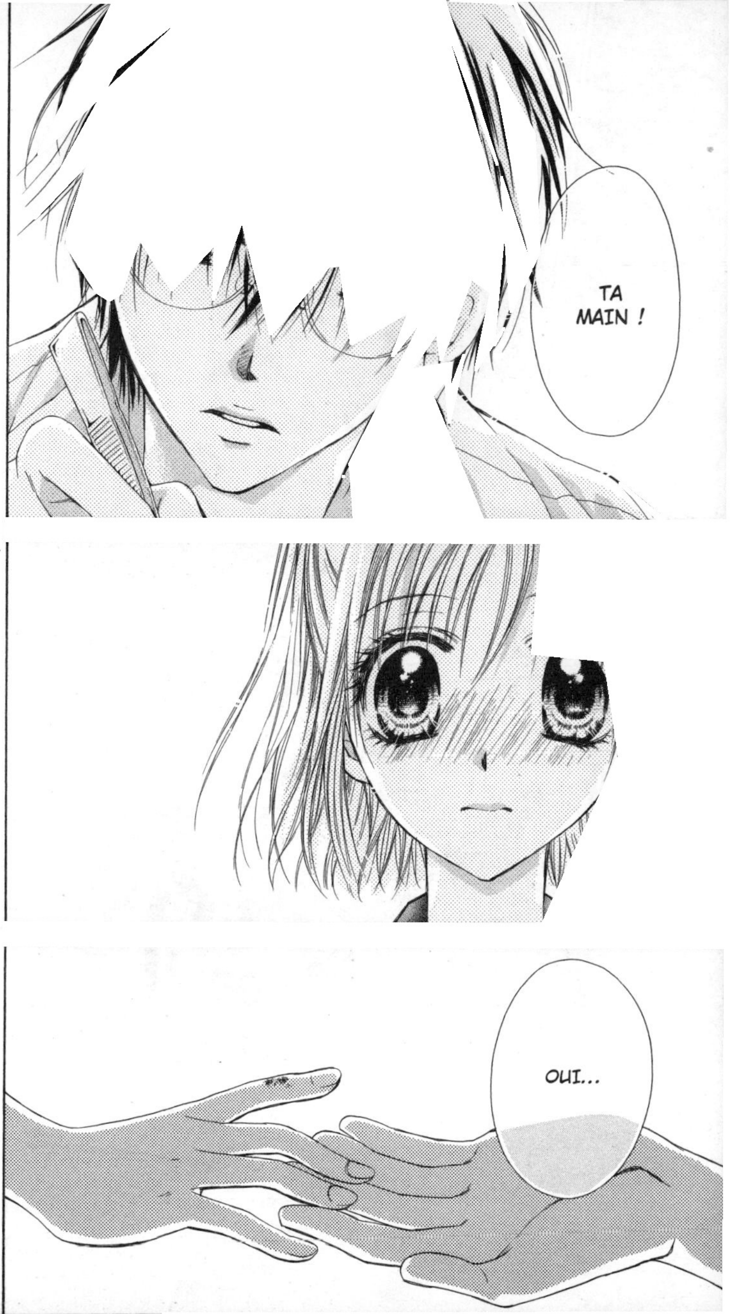
TA MAIN !
OUI...

... IL NE M'AVAIT PAS DU TOUT PRISE EN GRIPPE !
... QU'EST-CE QUI TE FAIT RIRE ? TU AS ÉTÉ MORDUE PAR UN CHIEN, LÀ !
RATTLE RATTLE
カラ カラ
WLP !
ドキッ
NON... RIEN, RIEN...
JE VAIS DÉSINFECTER !
AH...

IL EST ADORABLE...
カチャ!
GTACK !
PARDON...
HEIN ?
JE NE VOULAIS PAS QUE TU VIENNES...
... PARCE QUE L'UN DES CHIOTS MORD SOU-VENT.
J'AURAIS DÛ MIEUX T'EXPLIQUER.
ENFIN, HEUREU-SEMENT QU'ILS ONT ÉTÉ VACCINÉS PRÉVENTIVE-MENT...
MAIS ALORS ...
« NE VIENS PAS ! »
S'IL A DIT ÇA, C'EST PARCE QUE C'ÉTAIT DAN-GEREUX ?
QUE JE SUIS BÊTE...

MONTRE-MOI TA MAIN !
ALLONS À L'INFIRMERIE...
WSH...
WLIP !
NARUMI...
JE LE SAVAIS ...

CROC !
かぶっ
AAAH ...
AÏEUH !!
FRSH !
USAMI !
AH...

OOOH !
JE VOUS ADOOORE !
WOUF !
HEIN ?
TU NE VEUX PAS SORTIR ?
NON !!

HÉÉÉ !
REGARDE PAR ICI ! PAR ICI !
OUI, C'EST ÇA ! TU ES TROP MIGNON ! ♡
OUAH !
TES PATTES SONT TOUTES CROTTÉES...
FAIS DE JOLIES PHOTOS, HEIN ?
OH !
OUI, C'EST BIEN COMME ÇA ! ENCORE UNE FOIS !
FLASH !
JOLIE PRISE !
TU VAS T'EN METTRE SUR LA TRUF...

ET SI...
... JE L'AVAIS DÉGOÛTÉ DE MOI ?
ぺろ
LICK !
OUAH !
ぺろ
LICK !
OUAH !
ぺろ
LICK !
すてーん
BLOOF !
ALLEZ ! DU NERF !
JE L'AIME BIEN, CETTE FILLE !
あはは
AH HA HA
ARRÊTEZ !
ÇA CHATOUILLE !
JE ME DEMANDE SI ON POURRA SE RÉCONCILIER EN SE REVOYANT...
シャリ
CLING !

TWIT TWIT !
ピチチチ
WOUF...
きゅーん
TROP MIGNOOOON !
AH HA HA
BONJOUUUR...
OH ? C'EST UNE FILLE QUI VIENT NOUS VOIR, AUJOURD'HUI ?!
JE NE VAIS QUAND MÊME PAS OBÉIR À QUELQU'UN QUE JE DÉTESTE !
FI !
JE N'AURAI QU'À RENTRER AVANT QUE NARUMI N'ARRIVE.
... C'EST VRAI QUE...
... C'ÉTAIT PEUT-ÊTRE UN PEU CULOTTÉ DE MA PART DE DEMANDER DE VENIR.

キーンコーンカーンコーン
DING DONG
DING DONG
MA PAUVRE MOMOKA ! ÊTRE FORCÉE DE DESSINER NARUMI...
OUAH ! TU EN ES QU'À LA MOITIÉ, MAIS C'EST LUI TOUT CRACHÉ...
HÉ KAIRI ! IL EST JUSTE À CÔTÉ !
AH !
OH, PARDON POUR ÇA SI TU AS ENTENDU, NARUMI !
MERCI D'AVOIR AIDÉ MOMOKA, AU FAIT !
TU DEVRAIS VRAIMENT SOIGNER TON APPARENCE POUR LES FILLES, CE SERAIT MIEUX !
AH HA HA !
あはは
T'ES HILARANTE, NINOMIYA !
Ô AMANO !
LOVE !
« NE VIENS PAS ! »
GNF !
JE LE DÉTESTE !!

AH NON !
NE VIENS PAS !

... MAIS LUI, IL A L'AIR TELLEMENT SÉRIEUX.
ドキ…ン
WUP !
COMME LA FOIS DERNIÈRE...
... NA...
... NARUMI, TU AS L'AIR D'AIMER LA PHOTO, NON ?
QUOI ?
JE T'AI VU CE MATIN. EN TRAIN DE PHOTOGRAPHIER LES CHIOTS.
... AH BON...
HEIN ?
J'ADORE LES ANIMAUX, ALORS...
HÉ HÉ HÉ
IL EST GÊNÉ ?
DIS !
EST-CE QUE JE POURRAIS T'ACCOMPAGNER, LA FOIS PROCHAINE ?
JE PROMETS DE NE PAS ÊTRE DANS TES JAMBES...

ENCORE...
... UNE DÉCOUVERTE JUSTE POUR MOI !
C'EST PARCE QUE C'EST MON VOISIN...
C'EST JUSTE UN PETIT DESSIN POUR LE COURS...
... TOUT LE MONDE PREND ÇA À LA LÉGÈRE...

IL EST TROP BEAU !!
JE PEUX ME RAP-PROCHER ?
SANS MES LUNETTES, JE N'Y VOIS PAS BIEN.
OU...
... OUI !
WUP !
GNF !
WUP !
ÇA ALORS ...
SI ON M'AVAIT DIT QU'IL ÉTAIT AUSSI SÉDUI-SANT !

C'EST MIEUX COMME ÇA ?

ÇA NE M'EST JAMAIS ARRIVÉ !
JE... JE N'EN AI AUCUNE IDÉE...
C'EST VRAI ÇA...
AH...
TU AS FAIT TOMBER TA GOMME, NARUMI...
...
NARUMI !
AUCUNE RÉACTION
...
SCRITCH SCRITCH
カチャ カチャ
MOUF !
む
UN COUP, IL ME CHOUCHOUTE, UN COUP IL M'IGNORE !
SHAF
SHAF !
PLIF !
ピタ
JE NE LE COMPRENDS PAS DU TOUT !
JE NE PEUX PAS L'AIMER, HEIN ?
JE N'ARRIVE QU'À SAISIR SES LUNETTES ET SA FRANGE...
NA... NARUMI !
TU POURRAIS UN PEU DÉGAGER TA FRANGE ?
AH OUI... DÉSOLÉ...
AH ...
CE COUPCI, IL M'A ÉCOUTÉE.
OUF ...

BIEN !
POUR NOTRE COURS DE DESSIN D'AUJOURD'HUI, VOUS ALLEZ DESSINER VOTRE VOISIN !
MOI, AMOUREUSE DE NARUMI ?
C'EST VRAI QUE QUAND IL M'A AIDÉE, J'ÉTAIS ÉMUE...
ÇA M'A FAIT PLAISIR DE SAVOIR QU'EN FAIT IL PRE-NAIT DES PHOTOS, MAIS...
... TIENS ?
AU FAIT, QU'EST-CE QUE ÇA FAIT D'ÊTRE AMOUREUSE ?

• LUNETTES •

C'EST MON TOUT PREMIER HÉROS À LUNETTES.
AU DÉPART, LES GARÇONS À LUNETTES NE M'ATTIRAIENT PAS TROP, MAIS DEPUIS QUE JE DESSINE NARUMI, JE ME SENS PLUS PROCHE DE NOMBREUX PERSONNAGES À LUNETTES. C'EST VRAIMENT BIEN ! LES LECTEURS ONT ÉTÉ TRÈS NOMBREUX À ME DIRE : « CE SERAIT BIEN QUE VOUS LUI ÔTIEZ SES LUNETTES ET QUE VOUS LUI COUPIEZ LES CHEVEUX. » (RIRES). POUR LA COIFFURE, JE L'AVAIS FAIT AVEC LES CHEVEUX UN PEU ATTACHÉS, MAIS ALORS QUE JE DESSINAIS LA COUVERTURE DU MAGAZINE, MON ÉDITEUR M'A DIT :

À CE POINT ! (RIRES). MAIS JE DOIS ADMETTRE QUE POUR MES LECTRICES ÉCOLIÈRES ET COLLÉGIENNES, CELA PASSAIT ASSEZ MAL. (RIRES).

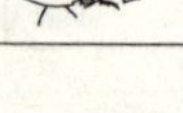

...
MOMOKA ?
AH... IL M'A SAUVÉ LA MISE PENDANT LE COURS DE SPORT.
HEIN ?
AH BON ? C'EST VRAI ?
NARUMI !
PARDON DE NOUS ÊTRE MOQUÉES DE TOI POUR TA PLACE DE DERNIER.
HEIN ? OÙ IL EST PASSÉ ?
MÊME S'IL EST RINGARD, C'EST QUAND MÊME UN HOMME !
EN TOUT CAS, MOI, JE VOUDRAIS PAS QU'IL M'AIDE !
MAIS POURQUOI ?
PERSONNE NE CONNAÎT LE NARUMI...
... QUE J'AI DÉCOUVERT...

TOI, TOMBER POUR TAKAHIRO ? C'EST GRO-TESQUE !
QUOI ?
AH... OUI...
OUAH...
EST-CE QU'IL ...
... M'A ENTENDUE, LÀ ?
HÉ !
POURQUOI JE M'EN INQUIÈTE COMME ÇA ?
BAH, POURQUOI TU DIS QU'IL N'EST PAS BIZARRE ?
IL RAMPE QUAND MÊME DANS LA COUR, NON ?
AH, ÇA...
AU FAIT, IL NE RAMPAIT PAS DANS LA COUR...
... IL PHO-TOGRAPHIAIT DES CHIOTS !

QUE VOUS PARLIEZ DANS MON DOS, C'EST UNE CHOSE...
... MAIS CE N'EST PAS PARCE QUE C'EST MA VOISINE QUE VOUS DEVEZ VOUS MOQUER D'ELLE !!
BANDE DE NAZES !!
NARU-MI...
ALLONS, ALLONS, NE TE FÂCHE PAS, NA-RUMI !
ON NE FAISAIT QUE PLAI-SANTER !
HEIN ?
DÉSOLÉS, TAKAHI-RO !
PARDON DE T'AVOIR TAQUINÉE, MOMOKA.
AH ... CE N'EST RIEN ...
ON EST ALLÉES TROP LOIN. MA PAUVRE..

ヒューッ
FIOU !
VOUS SORTEZ ENSEMBLE ?!
HEIN ?
NAAAN !!
TU AIMES NARUMI, MOMOKA ?
AH, HA, HA ! C'EST LA MEILLEURE !
ALORS ÇA ? DEPUIS QUAND VOUS ÊTES ENSEMBLE ?
ヒューッ
FIOU !
かあああっ
BLUUUSH !
MAIS...
... MAIS NON...
BANDE D'IDIOTS !

BONJOUR !
IL M'A SOURI...
ぽろ...
SNRF...
USAMI ?
HI...
... HIER...
J'AI DIT QUE JE NE VOU-LAIS PAS T'AVOIR COMME VOISIN...
PAR-DON...
ヒュ―♪
FIOU !

TAKAHIRO NARUMI...
LORS DU PREMIER CHANGEMENT DE PLACE DE CE DEUXIÈME TRIMESTRE DE NOTRE TROISIÈME ANNÉE DE COLLÈGE ...
... C'EST LUI QUI EST DEVENU MON VOISIN.
BONJOUR, NARUMI !
FOP

TOUTES LES FILLES DE LA CLASSE DISENT DE TOI QUE TU ES RINGARD...
... MAIS JE SUIS LA SEULE À AVOIR REMARQUÉ...
... EN FAIT, TU ES UN GARÇON EXCEPTIONNEL...

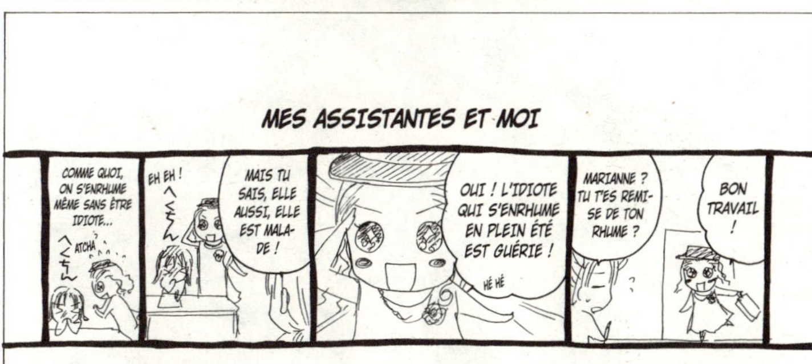
MES ASSISTANTES ET MOI
BON TRAVAIL !
MARIANNE ? TU T'ES REMISE DE TON RHUME ?
OUI ! L'IDIOTE QUI S'ENRHUME EN PLEIN ÉTÉ EST GUÉRIE !
HÉ HÉ
MAIS TU SAIS, ELLE AUSSI, ELLE EST MALADE !
EH EH !
COMME QUOI, ON S'ENRHUME MÊME SANS ÊTRE IDIOTE...
ATCHA

CHAPITRE 2

ON EST MAUDITES ! ON NE PEUT PAS AVOIR DE PETIT COPAIN !!
H!!!!!!!!!
N'IMPORTE QUOI ! VOUS N'AVEZ PAS TOUTES ÉTÉ LES VOISINES DE NARUMI...

... JE N'AI PAS
DU TOUT TIRÉ
LE MAUVAIS
NUMÉRO !

NARUMI...
MAINTE-NANT, J'AI COM-PRIS...

GTOCK !
ガコーン
MOMOKA ?
NARUMI N'A RIEN D'ÉTRANGE !
JE...
... JE VEUX RESTER SA VOISINE !!
RATTLE
ガラッ

BON-JOUUUR ...
ÇA VA, KAIRI ?
AH... MOMOKA ! BONJOUR !
J'AI DEMANDÉ AU PROF !
QUOI ?
JE LUI AI DIT QUE TU N'ARRIVAIS PAS À VOIR LE TABLEAU, ET DU COUP, IL A ACCEPTÉ DE TE CHANGER DE PLACE.
TE VOILÀ DÉBARRASSÉE DE CE DÉSAXÉ !
JE VAIS T'AIDER À TRANSPORTER TA TABLE !
HOP ! んしょ
GTACK ! ガタ

... QUI TU ES...
CETTE FACETTE DE TOI QUE PERSONNE N'A JAMAIS VUE...

MAINTE-
NANT, JE
SAIS...
FLASH !

WOUF...
キュー…ン

ZRF !
LE VOILÀ !!
QU...
WUP
FRSH
... QU'EST-CE QU'IL FABRIQUE ?
WUP
WUP
FRSH
NA...
NARU-MI ?
WUP
FLASH

CHECK
キョロ
ÇA DOIT ÊTRE LÀ...
IL ÉTAIT DANS CE COIN, HIER.
ZRF
ZRF
CE BRUIT...
NARUMI !!

JE SUIS HORRIBLE !
« ÇA VA ? »
ALORS QU'EN FAIT, IL M'A SAUVÉ LA MISE...
ET LUI, IL N'EN A PAS DIT UN MOT...
... C'ÉTAIT SÛREMENT PAR ÉGARD POUR MOI...
« SI ÇA TE GÊNE TANT QUE ÇA, TU N'AS QU'À CHANGER DE PLACE. »

... OUH...
RATTLE
ガラ
NARU...
ピシャンッ
SBLIF !

SHEEN
FRSH
FRSH
FRSH
AH...
HUM, NARU-MI...
SI ÇA TE GÊNE TANT QUE ÇA, TU N'AS QU'À CHANGER DE PLACE.
WLIP
NARU... MI...

QUOI ?
IL EST ARRIVÉ DERNIER ?
... IL EST VRAIMENT TROP NUL !
あはは
AH HA HA !
MAIS ALORS SI ÇA SE TROUVE...
... IL A REPRIS LE CROSS APRÈS L'INFIRMERIE ?
POUR SE RATTRAPER, IL PARAÎT QU'IL EST REPARTI COURIR TOUT SEUL.
QUEL EMPOTÉ !
MAIS NON !
ON SE DEMANDE BIEN CE QU'AMANO LUI TROUVE !
S'IL EST ARRIVÉ DERNIER...
... C'EST PARCE QU'IL EST VENU M'AIDER !
MA PAUVRE USAMI...
... ÊTRE SA VOISINE...
QUOI ?
C'EST VRAI ÇA...
TU AS PLEURÉ QUAND TU AS SU QUE TU ÉTAIS À CÔTÉ DE LUI.
C'EST VRAI...
... À CE MOMENT...
... MAIS EN FAIT...
ガタ
GTACK

RATTLE
ガラッ
AH...
MOMOKA !
J'ALLAIS JUSTEMENT ALLER TE CHERCHER.
LE PROF A ÉTÉ TRÈS SURPRIS EN APPRENANT TON MALAISE !
DÉSOLÉE POUR L'INQUIÉTUDE CAUSÉE.
CHECK !
チラ
NARUMI N'EST PAS LÀ...
MOI QUI VOULAIS LE REMERCIER...
ET TU SAIS QUOI POUR LE CROSS ?
C'EST AMANO QUI EST ARRIVÉ PREMIER !
AH ?
IL EST VRAIMENT TROP COOL, HEIN ?
IL NE NOUS DÉÇOIT JAMAIS !
OUI, ENFIN...
... IL Y EN A UN AUTRE QUI NE NOUS DÉÇOIT JAMAIS ...
... C'EST NARUMI !!

... EST
EN FAIT
UN GARÇON
ÉPATANT !!

WUP
ドキン
NARUMI...
ドキン
WUP
... MON VOISIN...
ドキン
WUP !
FINALEMENT, JE N'AI PAS TIRÉ LE MAUVAIS NUMÉRO !

WUP !
C'EST MA VOISINE DE CLASSE, ALORS...
« C'EST MA VOISINE DE CLASSE... »
IL M'AVAIT DONC REMARQUÉE...
OUH HOU !
C'EST DUR D'ÊTRE UN HÉROS, HEIN !
DIRE QUE TU ALLAIS ARRIVER PREMIER AU CROSS !
QUOI ?
AH BON ?
EN FAIT, JE M'EN FAISAIS POUR ELLE, ET DU COUP, J'AI ALLONGÉ LA FOULÉE...
C'EST PAS GRAVE...
BON...
... ALORS JE VOUS LA CONFIE !
RATTLE
MAIS OUI !
MERCI BEAUCOUP...
BLISH !

OUI...
NARUMI...
INFIRMERIE
TOUT VA BIEN !
ÇA ARRIVE SOUVENT EN CAS DE MENSTRUATIONS.
... AH BON...
HI HI
クスクス
ÉVIDEMMENT, LES HOMMES NE PEUVENT PAS COMPRENDRE...
MAIS APPAREMMENT, DANS SON CAS, ELLE SOUFFRE D'HORRIBLES CRAMPES D'ESTOMAC. TU AS BIEN FAIT DE LA PORTER JUSQU'ICI.
ZRFF !
シャッ
HO !
USAMI ÉTAIT DÉJÀ TOUTE PÂLE CE MATIN, ALORS JE M'INQUIÉTAIS.

SI JE T'EMMÈNE À L'INFIRMERIE, ÇA IRA, HEIN ?
HEEEEIN ?!
IL A L'AIR SI SÉ-RIEUX ...
WUP

ふわっ
FWASH !
HEIN ?
DÉSO-LÉ...
PRENDS TON MAL EN PATIENCE...
QUOI ?
BAF !

AH...
かあああっ
BLUUSH
J'AI TELLEMENT HONTE QUE JE VOUDRAIS DISPA-RAÎTRE...

CE ...
... CE N'EST PAS CE QUE TU CROIS ...
JE...
... JE NE SUIS PAS BLES-SÉE...
L'HOR-REUR...
... J'AI JUSTE MES RÈGLES ...

TU ES BLESSÉE ?!
AH...
JE VAIS APPELER LE PROF !
QUOI ?
NON... ATTENDS...
NARUMI !!

NA...
... NARUMI ?!
TU PEUX TE LEVER ?
QUOI ?
EUH ...
HA ! は ?
OH NON ! SI JE LE FAIS, IL SAURA POUR MES RÈGLES !!
JE...
CE N'EST RIEN...
OH NON ! OH NON ! N'APPROCHE PAS !!
ALLEZ ! QU'EST-CE QUE TU ATTENDS POUR PAR-TIR ?!

BONJOUR !

SI J'AI RÉUSSI À RÉALISER CE PREMIER TOME DE NAMIDA USAGI, UN AMOUR SANS RETOUR, C'EST GRÂCE À VOUS. CONTRAIREMENT À MA PRÉCÉDENTE SÉRIE SENSEI TO ATASHI, J'AI DÉCIDÉ DE DÉPEINDRE UN AMOUR PUR. SI, COMME MOMOKA, JE PARVIENS À VOUS FAIRE RESSENTIR CE SENTIMENT, JE SERAI TRÈS HEUREUSE !
JE SAIS QUE LE CADRE « MON VOISIN DE CLASSE » EST ASSEZ BANAL, MAIS JE SUIS SÛRE QUE VOUS ÊTES NOMBREUX À AVOIR VÉCU CETTE SITUATION ! MOI AUSSI, QUAND J'ÉTAIS AU COLLÈGE, ÇA M'EST ARRIVÉ.
ON ÉTAIT DANS LE MÊME GROUPE, ET EN PLUS VOISINS DE CLASSE, C'ÉTAIT LE BONHEUR... MÊME SI CE N'ÉTAIT PAS UN AMOUR PARTAGÉ.
POUR SE DÉCLARER, IL FAUT VRAIMENT AVOIR UNE BONNE DOSE DE COURAGE, OU C'EST IMPOSSIBLE. J'AIMERAIS BIEN QUE MOMOKA S'ACCROCHE !

NOVEMBRE 2009
AI MINASE

W LIP
DU SANG ?
OH NON !
J'AI MES RÈGLES ?!
BAF
W LIP
W LIP
COMMENT JE VAIS FAIRE ?!

LES FILLES. PARTEEEEZ !!
TRII !
HUF...
HUF...
HUF...
HUF...
OH NON...
J'AI SUPER MAL, MAIN-TENANT...
HUF...
HUF...
JE VAIS MARCHER EN PRENANT MON TEMPS...
WOB...
ふら…
HUF!..
LES FILLES ONT TOUTES DISPA-RU...
WUP !

DÉCIDÉ-
MENT...
... NARUMI
EST TRÈS
ÉTRANGE...
GTACK
ガタ
HIRK
ビクッ
QUE
FAIRE
?
ズキン
GNRK
OH
NON...
... ET
MAINTENANT,
J'AI MÊME
MAL AU
VENTRE...
MOMOKA !
ÇA VA ?
TU ES
SÛRE DE
VOULOIR
PARTICIPER
AU CROSS
FILLES ET
GARÇONS ?
OUI... ÇA VA.
EN PLUS, C'EST
LE TOUT DER-
NIER COURS
DE LA JOUR-
NÉE...
J'IRAI LEN-
TEMENT.
TRII !
RASSEM-
BLEMENT !
ON VA Y
ALLER !

ZRAF !
« IL PARAÎT QUE C'EST UNE FILLE DE LA CLASSE D'À CÔTÉ QUI L'A VU... »
ZRAF !
ZRAF !
<< TAKAHIRO NARUMI ÉTAIT EN TRAIN DE RAM-PER DANS LA COUR... >>
LA RUMEUR DISAIT DONC VRAI !
FUITE !

J'AI RÉUSSI À PRENDRE UN TRÈS JOLI CIEL !
CE COMMENTAIRE SUR MON BLOG, ÇA M'A DONNÉ À PENSER ...
EH HÉ HÉ
ET PUISQUE JE SUIS ARRIVÉE TÔT À L'ÉCOLE...
... JE VAIS EN PROFITER POUR PHOTOGRAPHIER LES BÂTIMENTS !
FRSH

« TRÈS JOLIE
TA PHOTO ! »
CLC !
パシャ

COMMENTAIRES (1)

C'EST SÛR, LE CHANGEMENT DE PLAN DE CLASSE, C'EST UN GRAND MOMENT. JE TE COMPRENDS. TRÈS JOLIE TA PHOTO !

TAC
カタ
TAC TAC
カタカタ
AUJOURD'HUI, C'ÉTAIT LE CHANGEMENT DE PLAN DE CLASSE.
TAC TAC TAC
カタカタ
カタ
TAC TAC
うさぎサンのブログ
カタ
TAC
TAC TAC
カタカタ
*LE BLOG DU LAPIN À LA LARME
J'AI TIRÉ...
... LE MAUVAIS NUMÉRO.
カタカタ
TAC TAC TAC
ENVOI...
カチ
TAC
なみだうさぎのブログ
OH ! ÇA S'EST RÉACTUALISÉ !
JE COMMENCE À M'Y FAIRE !
« SI TU CRÉAIS UN BLOG ? »
JE VIENS DE COMMENCER...
... ALORS, JE LE LEUR DIRAI QUAND JE ME SERAI UN PEU AMÉLIORÉE.
ÇA ME GÊNE D'EN PARLER...

SOIS MON AMI, OU JE TE MAUDIS !
QUOIII ?
BON, D'ACCORD, NARUMI...
ENFIN TU VOIS QUOI ?
QUOI ? QUOI ?
AH, HA, HA ! C'ÉTAIT TOUT À FAIT EUX ! AH TU TROUVES ?
« POUS-SEZ-VOUS ! »
SNRF !
NON VRAI-MENT...
... JE NE VEUX PAS RESTER À CÔTÉ D'UN GARÇON AUSSI EFFRAYANT !

ビクッ
HIRK !
DÉSOLÉ, HEIN !
ON DOIT ALLER AU COURS SUIVANT. ON EST UN PEU PRESSÉS !
Ô AMANO !
NE T'EXCUSE PAS, C'EST NOUS QUI ÉTIONS DANS LE CHEMIN.
OH, LÀ, LÀ, CE QU'IL EST MIGNON, CET AMANO !
LE GARÇON LE PLUS POPULAIRE DE LA CLASSE ... AMI AVEC LE GARÇON LE PLUS NUL DE LA CLASSE, C'EST BIZARRE, QUAND MÊME.
UNE ÉNIGME

JE VOUDRAIS PRENDRE MES AFFAIRES.
ZRRT
GTACK !
OH...
... OH, PARDON, NARUMI...

Ô ! TROP MIGNON !! UN PETIT LAPIN !
BAAF ! ぱぁぁぁ
JE L'AI TROUVÉ HIER À SHIBUYA !
IL EST POUR TOI, MOMOKA. SI JE ME SOUVIENS BIEN, TU AIMES LES LAPINS ?
TIENS !
MERCI, KAIRI !
HI HI クス
IL Y A À PEINE DEUX SECONDES, TU ÉTAIS EN PLEURS...
CYCLO-TIMIQUE, VA !
OUI, C'EST TOUT ELLE !
ALLEZ, UNE PHOTO !
EH BEN ! DEPUIS QUE TU AS UN NOUVEAU PORTABLE, TU UTILISES BEAU-COUP CETTE FONCTION, MOMOKA !
BIP BIP ! ピピ
OUI !
FLASH ! パシャ
ET SI TU CRÉAIS UN BLOG ?
OH ! TROGNON !
UN BLOG ?
EH BIEN JUSTEMENT, JE...
POUSSEZ-VOUS !

... UN JOUR...
... J'ESPÉRAIS ME TROUVER UN CHOUETTE PETIT AMI !!
CLING !
ET MAIN-TENANT...

LES FILLES QUI SERONT SES VOI-SINES...
... NE TROUVE-RONT JAMAIS L'AMOUR !
ARGH !
Ô MAIS NON, IL N'Y A PAS DE QUOI PLEURER !
C'EST JUSTE UNE RU-MEUR !!
MOMOKA EST TRÈS CRÉDULE, ALORS ARRÊTE AVEC TES IDIO-TIES !
DIRE QUE...
... JE N'AI PERSONNE POUR L'INS-TANT...
... ET QUE POUR MOI, AVOIR UN PETIT AMI ÉTAIT COMME UN RÊVE !
MAIS ...

TAKAHIRO NARUMI ÉTAIT EN TRAIN DE RAMPER !!
KYAH !
キャー
ZRSH !
ZRSH !
QUÔAAAA ?!
RAM-RAMPER ? COMMENT ÇA ?
BEN JUSTEMENT, ON NE SAIT PAS. C'EST CE QUI FAIT PEUR !
ET AUSSI, VOUS SAVEZ CE QU'ON DIT À SON SUJET ?
QUOI ?
IL EST MAUDIT !
MAU ...
... MAUDIT ?

DING DONG
DING DONG
キーンコーン
カーンコーン
あっはっは
AH HA HA HA
TROP DRÔLE, MOMOKA !
TOI, À CÔTÉ DE TAKAHIRO NARUMI ? ÇA NE COLLE PAS DU TOUT !
KAIRI !
ARRÊTE, C'EST PAS DRÔLE.
BON, C'EST VRAI...
D'APRÈS LA RUMEUR, IL EST UN PEU SPACE, ET JE PEUX COMPRENDRE TON INQUIÉTUDE, MAIS...
MNCH ! MNCH !
LA RUMEUR ?
GTACK !
QUOI ?
TU N'AS PAS ENTENDU ?
MAIS ENFIN, SATSUKI !
TU IMAGINES QUE MOMOKA EST À CÔTÉ DE TAKAHIRO ?
MOINS FORT, KAIRI !
BAH, IL EST PAS LÀ ! ÇA VA !
C'EST UNE FILLE DE LA CLASSE D'À CÔTÉ QUI L'A VU...
FRSH !
C'ÉTAIT TRÈS TÔT, DANS LA COUR...

...
IL NE M'ÉCOUTE MÊME PAS !
C'ÉTAIT LE PREMIER CHANGEMENT DU DEUXIÈME TRIMESTRE DU PLAN DE CLAS-SE DE CETTE TROISIÈME ANNÉE DE COLLÈGE...
... ET J'AI TIRÉ LE MAUVAIS NUMÉRO !!

TAKAHIRO NARUMI
JE NE LUI AI JAMAIS PARLÉ.
J'AI EU DE LA CHANCE DE ME RETROUVER AU FOND PRÈS DE LA FENÊTRE, MAIS SINON...
TOC !
OUAH ...
MA GOMME !
ROLL
ELLE EST TOMBÉE SOUS SA TABLE !
OH NON ! JE L'ADORE, CELLE-LÀ !
EUH... HUM...
MA GOMME EST TOMBÉE SOUS TON BUREAU ...

30
NARUMI
36
USAMI
BUZZ BUZZ
わいわい
HA HA HA
がやがや
シーン....
SHEEN !
...
ET MON NOUVEAU VOISIN...
チラ
CHECK !

FILLE GARÇON
7 1
UEDA
8 2
MORIYAMA KAWAKAMI
LE CHANGEMENT DE PLAN DE CLASSE...
FILLE GARÇON
31 25
OKAMOTO
32 26
... UN ÉVÉNEMENT ENCORE PLUS IMPORTANT...
... QUE LES EXCURSIONS OU LA FÊTE DU SPORT...
QUAND VOUS AUREZ TIRÉ VOTRE NUMÉRO, VOUS ÉCRIREZ VOTRE NOM DESSOUS AU TABLEAU.
わいわい
BUZZ BUZZ
がやがや
BUZZ BUZZ
TU ES OÙ ? CHOUETTE TU ES TOUT À CÔTÉ !
LE CŒUR TRESSAILLANT ET LA BOULE AU VENTRE...
... QUI SERA MON VOISIN ? SUSPENSE...
FRSH !
カサ...
36
LE 36 !

NAMIDA USAGI

(UN AMOUR SANS RETOUR)

CHAPITRE 1